U0134624
公主訓練班
LESSON 8
維多利亞的任務
作者
耿啟文
繪畫
瑞雲

目 CONTENTS 錄

第一章
彼德家族四小花
- 6 -

第二章
能歌善舞的利亞
- 13 -

第三章
參賽名單
- 25 -

第四章
忍辱負重
- 34 -

第五章
和事老
- 45-

第六章
聯歡會
-60 -

第七章
校長的考慮
-72 -

第八章
公主沒落
-82

第九章
自知之明
- 95 -

第十章
最強後盾
- 106-

主要 MAIN CHARACTERS 角色

洛佩

出身農村家庭，在山上長大，平時種菜、砍柴、捉魚，氣力驚人。由於習慣在廣闊的山區傳話，造就出一把極嘹亮的聲線。

辛迪

辛迪是一名孤兒，在孤兒院長大，情感豐富、觸覺敏銳，很容易受感動落淚，而且感染力極強。

Bella

Rapunzel

Cindy

貝麗

出身美術世家，美術觸覺敏銳，審美眼光極高，本身非常漂亮，卻因為長得矮而自卑，性格變得內向陰沉，未能散發出自己的美感。

小企鵝

來歷不明、無家可歸的小企鵝，只會「咕嚕咕嚕」地叫，愛管閒事，喜歡跟著辛迪，而充滿愛心的辛迪便收養了牠。

查理

飛才書院的校工，年近四十，本身長得挺帥，但蓄著鬍子，不修邊幅，好吃懶做，是個古怪而神秘莫測的大叔，對偶像明星有一番獨特見解。

雪露

出身普通家庭，性格直率，待人坦誠，敢於坦蕩蕩地表達自己的想法和情感，非常真誠。

莫妮卡校長

飛才書院的校長，十分愛惜學生，但欠缺主見，不太懂得管理學校。

傑克

高中二年級生，籃球學會會長，人稱小霸王，愛出風頭，專門製造麻煩，是典型的問題少年，但其實本性不壞。

利亞

本來在外國留學，成績出眾的美少女，卻特意回來申請入讀飛才書院。表面上是因為受到外國同學的排擠，但實際上她還有一個神秘的身份和目的。

艾莉絲

熱愛運動的女孩，活躍好動，性格剛強，十分好勝，定下了目標就一定要努力達成為止，不怕困難，勇於挑戰。

第一章
彼德家族四小花

近年偶像界一直有個傳聞：彼德家族正秘密訓練一支女團，她們從彼德種子中**脫穎而出**，成為彼德幼苗後，在彼德家族裡經歷了連場殘酷的汰弱留強過程，最終剩下四位「生還者」，接受重點培訓。

她們都是最拔尖、最茁壯的彼德幼苗，是彼德家族繼續稱霸偶像界的秘密武器，因此深受各界關注。

不少傳媒明查暗訪，甚至無所不用其極，也只能查到極少的資料，僅僅知道這四位成員被稱為「彼德家族四小花」，她們的名字分別是：

伊利莎白、瑪麗、安妮和
維多利亞。

這四個人身份極其神秘，她們的外貌、背景、性格、喜好、特質，公眾一律不知，傳媒完全查不出來。

外界自然也不知道，那四人當中的維多利亞，是貴族豪門出身，自小在海外生活和留學，一切都要最好的，包括住最好的房子、坐最好的車、享用最好的美食、讀最好的學校、跟隨最好的老師……

在小學畢業典禮上，維多利亞與同學一起作畢業表演，竟然**輕描淡寫**地散發出星之光芒來，令在場所有人震驚不已。

她年紀輕輕就展露出當超級巨星的潛質，立時引來外國眾多經理人公司和唱片公司紛紛向她招手。

但她拒絕了這些公司的招攬，而且在小學畢業後就銷聲匿跡，沒有人知道她的去向。

其實一如既往，維多利亞什麼都要得到最

好，做偶像也不例外，當她決定踏上星途，就立意加入一家最有影響力的公司，在前途最光明廣闊的市場發展。

當今世界，偶像明星行業發展最**蓬勃**的地方，就是星之國。而在星之國內，又以彼德家族獨佔鰲頭。所以維多利亞選擇回國，加入彼德家族，成為實習生，接受秘密訓練。

那時彼德萌生了一個念頭，想創造一隊無敵組合，稱霸偶像界，於是對彼德家族內的所有彼德種子加強訓練，並且進行了連場激烈而殘酷的互相比併，**汰弱留強**；從彼德種子當中，提拔出彼德幼苗，然後又在彼德幼苗裡層層淘汰，以近乎雞蛋裡挑骨頭的嚴格標準，最後淘汰剩四個獲得滿分的實習生，而維多利亞就是其中之一。

恰巧這四個人都是女孩子，彼德將她們組合成一支神秘女團，那就是外界所知的「彼德家族四小花」，繼續接受秘密訓練，準備在偶像界大放光芒。

直到今年，時機差不多成熟了，凱撒傳媒集團、彼德家族經理人公司和音樂鐵塔唱片公司三大機構宣布合辦「星之女王」大賽，其實這是特意為「彼德家族四小花」而設的。彼德打算借助「星之女王」大賽來建立「四小花」的知名度，等四小花贏得比賽後，便正式組團出道，席捲整個偶像界。

就在一切志在必得，四小花只等待公司宣布派她們參賽的時候，某天彼德突然召集了她們四人，說計劃有變，要對她們四人再作一次比併選拔。

她們都很訝異，沒想過在參賽前的最後關頭，還要再來一場殘酷的內部淘汰！

不過，她們四人都是精英中的精英，自信心十足，馬上按照彼德的指示，合唱一曲，使出渾身解數，把自己的才能盡情展露出來。

彼德看完她們的表演後，大力點頭稱讚：「非常好，簡直完美，不愧是我精心挑選出來的四小花。」

她們四人都拼盡了全力演出，氣喘如牛，心情緊張不已，正等待彼德宣布結果。

只見彼德的視線移到維多利亞的臉上，說：

維多利亞，剛才你們四個人當中，以你的表現最合我心意，充滿了霸氣。

維多利亞聞言立時鬆了一口氣，並展露出笑容來。其餘三人依然非常緊張，不知道自己會否被淘汰，不能參加「星之女王」大賽。

怎料彼德對她們三人說：「伊利莎白、瑪麗、安妮，你們按原來的計劃，參加『星之女王』大賽。」

她們三人也鬆一口氣了，但同時亦感到十分疑惑，瑪麗直接問彼德：「那麼維多利亞呢？她不用參加比賽，就直接個人出道？」

維多利亞聽到她這麼說，心中也暗自竊喜。

但彼德回答道：「她也參加，但同時有一項特別任務，我要交給她去執行。」

「是什麼？」維多利亞立即問。

彼德凝神望著她，十分嚴肅地說：「我要你進入飛才書院。」

「什麼？」維多利亞忍不住驚叫。

彼德接著道：「由於外界已經知道『維多利亞』這個名字，所以我會幫你**偽造**一個身份背景混入飛才書院，不能叫『維多利亞』了，從今天起，你就叫『利亞』。」

第二章

能歌善舞的利亞

為了籌劃飛才書院開放日，莫妮卡校長讓全校學生構思開放日的活動節目，當中最重要的歌舞表演，自然非公主樂團擔當莫屬。不過為公平起見，校長要公主樂團先預演一場，以作審核。

但公主樂團五人之間因為各種誤會而鬧不和，顯得缺乏默契，貌合神離；所演唱的歌曲《莫妮卡》，在選隊長時已經表演過，難免失去了新鮮感。

縱然如此，校長也別無他選，公主樂團始終是飛才書院的唯一選擇。莫妮卡正想宣布開放日的歌舞表演由公主樂團負責之際，利亞突然在舞台上出現，把原本和傑克合作的魔術表演，變成了一場極其精彩的歌舞劇，而且還居然綻放出五級星之光芒來，技驚四座。

演出完畢後，利亞向校長和全體師生說：

你們可以作出決定了，
希望公主樂團爲開放日表演，
還是選擇我？

利亞的表演簡直驚為天人，就算放眼當今偶像界，能夠綻放出五級星之光芒的人，也是**屈指可數**，而利亞區區一名高中生，竟然能達到這樣的水平，明顯比公主樂團強不知多少倍，任何有常理的人都能輕易作出判斷。

不過，莫妮卡校長**猶豫不決**，幾乎所有人的目光都投向校長，正等待她作出決定之際，只有辛迪留意到仍然暈倒在舞台角落裡的傑克，立時緊張地叫道：「傑克他怎麼樣？」

這時大家才留意到傑克仍躺在台上，校長連忙宣布：「開放日表演的事延後決定，現在先看看傑克的情況！查理，快召救護車！」

「知道。」查理應了一句，便馬上打電話召救護車。

莫妮卡校長與公主樂團迅即跑到台上，看看傑克的情況。

艾莉絲二話不說，用力拍打傑克的臉，傑克果然迷迷糊糊地醒過來，撫著臉投訴：

艾莉絲連忙收起雙手，避開他的視線，裝作若無其事。

辛迪則鬆一口氣道：「傑克，你醒來就好，剛才你暈了。」

「我暈了？」傑克一時間記不起發生了什麼事。

雪露便向他講述：「你忘記了嗎？你本來和利亞一起表演『刀鋸美人』的魔術，但箱子突然豎立起來，把你撞跌地上。我們還以為那是你刻意設計的喜劇效果，因為很符合你平時那些無聊幼稚的舉動。但之後發生的事，實在太令人驚喜了，你們的魔術表演，竟然變成了利亞的歌舞劇演出……」

聽到這裡，傑克望向一身女王裝束的利亞，和那龐大的伴舞團，禁不住疑問：「到底發生什麼事？為什麼我們的魔術表演會變成了歌舞劇？」

這時候，救護車的警號聲由遠而近傳來。

利亞**吸了一口氣**，向傑克解釋道：「傑克，我們早前練習魔術時，你不是意外弄傷了腿嗎？我們還送你到醫院去。雖然後來你說你的腿傷已好了，堅持可以繼續練習和向校長表演，但我還是不放心，怕你隨時**傷患復發**，所以就私下安排了後備方案，萬一你的腿真的不行，就把魔術表演改為歌舞劇。沒想到，剛才上台表演魔術時，你真的腳痛躺了下來……」

傑克立時反駁：「胡說！我哪有腳痛躺下？分明是你用那個大箱子把我撞跌的！還有，你這個後備方案也做得太過隆重吧？根本不合情理！」

辛迪相信利亞的為人，連忙替她解釋：「傑克，請不要誤會利亞，她那麼善良，怎會故意傷害你呢？而且她是高材生，學習和做事的態度都特別認真和嚴謹，不是我們這些普通學生所能想像的……」

這時救護車的警號聲早已停止，查理非常積

極地帶著兩名救護員來到禮堂，指著傑克說：「傷者在這裡。」

只見傑克仍在質問著利亞：「我還有問題要問：刀鋸美人的魔術箱為什麼會自己豎立起來？是不是你動了什麼手腳？你這樣做有什麼目的？是不是和其他女生一樣，想吸引我的注意？」

傑克**滔滔不絕**，完全不像一名傷者，但兩名救護員合力把他放上擔架床抬走。

而查理立即自告奮勇對校長說：「莫妮卡，就讓我陪同傑克到醫院去吧，你大可放心。」

還沒等莫妮卡校長答應，查理已經**一溜煙**跟著救護員走了，誰都能看出，他分明是趁機躲懶，藉口外出，不用幹活。

雖然辛迪信任利亞，但雪露和公主樂團其他成員心中充滿疑惑，雪露開口問：「利亞，你不是不會唱歌跳舞嗎？怎麼會……」

只見利亞突然顯得非常內疚，楚楚可憐地說：

「對不起……我真的不是存心欺騙你們……可是……在外國留學時，我就是因為鋒芒太露而招人疾妒，遭到排擠。所以我很害怕……回國後一直隱瞞自己懂得唱歌跳舞。」

公主樂團五人都十分同情她，紛紛說：「我們怎麼會排擠你呢？」

利亞隨即微笑道：「我就是看到你們對我那麼好，盡力幫我入讀飛才書院，融入校園生活，使我覺得自己也該為飛才書院做點事，所以才決定公開自己會唱歌跳舞這個事實，希望為飛才書院貢獻我的才藝，在開放日傾盡全力表演。」

「太好了！」她們五人擁抱著利亞。

莫妮卡校長聽到了利亞那番話，也有點感動。

這時候，史葛與其他舞蹈員要走了，向利亞揮手道別後，便非常帥氣地轉身離去，馬上引來一群女學生追著找他合照。

洛佩詫異地問利亞：「為什麼萬人迷史葛會為你伴舞？」

利亞淡然地說：「我們參觀青雲高中開放日的時候，不是看過他的表演嗎？當時我深深被他的演出吸引，非常欣賞他的才藝，於是就冒昧邀請他合作，沒想到他居然答應了。」

所有人聽了都目瞪口呆，不禁深深地暗嘆一句：

美女果然不一樣。

辛迪突然靈機一動，雀躍地說：「利亞，既然你會唱歌跳舞，不就可以加入公主樂團麼？我們可以一起練習、表演和比賽了！」

其他人雖然也贊成，但因為成員之間的誤會仍未冰釋，說起話來**含沙射影**，洛佩眼角瞄了一下雪露，說：「對啊，真希望有利亞這樣的隊友，說不定她可以當一個公正一點的隊長。」

雪露望著貝麗，直白地說：「利亞至少不會把隊員的照片改醜來抬高自己。」

貝麗很委屈，斜視著洛佩說：「利亞一定會懂得尊重隊友的作品，不會當成垃圾。」

而艾莉絲則**瞪著**辛迪道：「利亞一定不會隨便洩露隊友的私隱。」

各人說完後，一同望著利亞，等待利亞的答覆。

只見利亞面有難色，辛迪疑惑地問：「你不願意加入嗎？」

利亞想了一想，然後**藉詞**道：「不是我不願意，而是……查理大叔一定不會答應的。」

「放心吧，我來搞定他！」她們五人異口同聲，在這件事上倒是十分合拍。

第三章
參賽名單

幾日後，查理在小木屋裡，拿著計算機算來算去，不住搖頭，愁眉深鎖，似乎在為錢而煩惱。

他憤然將計算機扔到一旁，雙手捧起一個十分可愛的小豬錢罌，深吸一口氣，正準備摔下去之際，突然傳來公主樂團五人的叫聲:「查理大叔！」

她們走進木屋，滿臉堆笑地**簇擁**過來，查理知道他們一定有所圖，立時起了戒心。

洛佩率先捧著一大籃的草莓，遞到查理的面前說:「查理大叔，這是我家裡種的，特意帶來給你嚐嚐。」

貝麗仍然對上次洛佩把她的設計圖當成廢紙的事耿耿於懷，不禁揶揄道：「查理大叔，你要小心，有人連設計圖和垃圾都不懂辨別，當心她摘給你吃的草莓是爛的。」

查理呆了一呆，只見貝麗拿出一個磨豆機，倒入一些咖啡豆，開始**優雅地**研磨著，說：「查理大叔，我為你沖咖啡。」

查理受寵若驚，但雪露馬上提醒他：「查理大叔要小心，貝麗為人不誠實，喜歡弄虛作假，在照片上添油加醋，而且是把別人弄醜，來凸顯自己的美。當心她在你的咖啡裡動手腳，說不定放了許多許多的糖，想把你喝得很胖很胖，來顯出她的苗條和漂亮。」

貝麗還來不及反駁，雪露已經打開一個盒子，內裡是香氣撲鼻的曲奇，送到查理面前，「這是我今天在家政課裡做的曲奇——」

她的話還沒說完，已引來洛佩的戲謔：「查理大叔，我勸你不要試，雪露是出了名的偏心，烤得好吃的曲奇，她一定已留給自己和辛迪吃了，只有烤壞了的，才會給你。」

查理本來張開口想吃，但聞言立即閉嘴，吞了一下口水，不敢去嚐。

「她們開玩笑而已，你不必認真。」辛迪連忙打圓場，然後拿起掃把，掃起地來，「查理大叔，我替你打掃。」

但艾莉絲冷冷地說：「查理大叔，你還不把自己的隱私物品統統藏起來？小心有人假借掃地之名，其實想偷看你的隱私，收集你的秘密，公諸於世。」

艾莉絲更把辛迪手中的掃把搶了過來，揮舞著說：「還是讓我來幫你打掃吧！」

可是她拿著掃把像**舞刀弄劍**一樣，十分危險。而她們五人同時又七嘴八舌地為自己辯白，場面一片混亂和嘈吵。查理憤然用力一摔，把手中的小豬錢罌摔破，嚇得她們瞠目結舌地靜了下來。

「別再針鋒相對，吵吵鬧鬧了！」查理對她們當頭棒喝，「就是因為你們不和睦，上次在校長和全校師生面前的演出才會那樣差勁，給利亞比了下去，而且很可能失去開放日演出的機會！」

洛佩淡然道：「你不是一直反對我們在開放日表演嗎？」

貝麗嘆了一口氣，「利亞的表演那麼精彩，誰都會給她比下去吧？」

「你們這樣對得起粉絲嗎？如此差劣的表現，別說勝出『星之女王』，你們就連蛇夫鎮的選拔賽也無法突圍！」查理的情緒本來很激動，但緩緩地蹲下來，一邊撿地上從錢罌裡掉出來的錢，一邊說：「我不知道你們五人之間為什麼會產生了這麼多的誤會。但為了補償你們的粉絲，向他們謝罪之餘，順便化解你們五人之間的誤會，我已經決定，為你們公主樂團籌辦一次大型的粉絲聯歡會。你們想吃什麼、想玩什麼，儘管對我說。為了公主樂團的前途，我連錢罌裡的錢都拿出來了，你們有什麼要求，我……都答應！」

查理說得**慷慨激昂**，怎料她們五人異口同聲地說出要求：「我想讓利亞加入公主樂團。」

這正是她們五人都討好查理的原因，但查理立時拒絕：「不行！」

「你不是說什麼要求都答應嗎？」雪露質問。

「唯獨這件事不能答應！」查理十分堅決。

「為什麼？」辛迪哀求道：「利亞唱歌跳舞這樣出色，加入我們公主樂團不是很好嗎？」

查理**義正詞嚴**道：「就是因為她能歌善舞，卻又假裝不懂，非常陰險狡猾，這個人絕不簡單，一定對公主樂團圖謀不軌！」

辛迪連忙替利亞辯護：「她能有什麼企圖？我們公主樂團又不是大明星，既沒有錢，又沒有權力、名氣、影響力……」

查理正想反駁她的時候，一群學生突然著急地衝進來，他隨即洋洋得意地說：「看，誰說你們沒有名氣，沒有影響力？」

查理以為這些學生來報名參加公主樂團粉絲聯歡會，便對他們說：「我們還未公布聯歡會的消息，你們是從哪裡打聽到的？」

可是那些學生沒有理會他，逕自開了電視機，緊張地圍著看。

「不是吧？難道你們也愛看《超能美少女》動畫？」查理感到愕然，往電視畫面一看，原來正在直播彼德家族公布參加「星之女王」大賽的人選，全國觀眾都期待彼德家族會同時揭開秘密女團「四小花」的神秘面紗。

天秤市是彼德家族的根據地，在天秤市出賽

的彼德家族成員，很可能就是傳聞中的四小花了。

彼德親自在鏡頭前宣布：「於天秤市出賽的彼德幼苗分別是：**伊利莎白、瑪麗、安妮。**」

這三個名字都和外間傳聞的「四小花」成員完全吻合，可是彼德說完三個名字後，就停了下來，沒有第四個名字，就只派三名成員出戰天秤市選拔賽。

在場的記者連忙發問：「請問以上三位就是『四小花』的成員嗎？可是據聞還有一位叫維多利亞？」

一聽到「維多利亞」，雪露立時想起利亞上次所唱的那首《救世女王》，歌詞裡正好就有「維多利亞」這個名字。

只見電視上的彼德親切地哈哈大笑起來，「我也聽聞過，但那只是外間的**流言**而已，我們彼德家族內部根本就沒有什麼『四小花』。」

有記者留意到，彼德家族在全國的參賽名單中，連蛇夫鎮也派出了一名成員角逐，但沒有列出名字。這令傳媒大感意外，因為蛇夫鎮一直是偶像行業發展最落後、最受忽視的地方。

傳媒向彼德問起這件事，彼德淡然道：「因為我們公司新成立了蛇夫鎮分部，所以便循例安排一顆彼德種子參與一下。」

電視機前的飛才書院學生得知蛇夫鎮有彼德種子參賽，都興奮不已，嚷著到時一定要去觀戰。

而有人立即想到：「那麼，公主樂團豈不是要跟真正的彼德種子比併了？哪裡鬥得過啊？」

眾人議論紛紛的時候，查理卻皺著眉頭，不知在思索著什麼。他突然靈機一動，對公主樂團五人說：「你們是不是想讓利亞加入公主樂團？好吧，就順從你們的意思。」

「真的？」她們大喜過望。

而其他同學聽到了，也十分驚喜和期待，紛紛說：「這樣公主樂團就有勝算了！」

第四章
忍辱負重

彼德宣布「星之女王」大賽參賽名單之際，利亞剛好在街上，透過商店櫥窗看到了電視機上的直播。

當聽到彼德**輕描淡寫**地回答傳媒，說彼德家族因為在蛇夫鎮新開設了分部，所以就循例安排一顆彼德種子參賽時，利亞顯得異常激動，雙手緊握著拳，渾身在顫抖。

「我只是一顆普通的彼德種子而已？」利亞心中重複地問，不禁回憶起自己初加入彼德家族時的情況。

大約在三年前，她拒絕了外國所有經理人公司和唱片公司的聘約，毅然回國加盟彼德家族。當時彼德視她如**瑰寶**，立刻毫不猶豫地將她從彼德種子擢升為彼德幼苗，獲公司內部視為明日之星。

沒想到三年後的今天，她經歷了艱苦的訓練和殘酷的汰弱留強過程，好不容易憑著完美的成績，躋身彼德家族的秘密皇牌女團「四小花」後，卻在毫無犯錯之下，於最後關頭被抽出來，甚至變回了彼德種子！

利亞深深不忿，回到家裡，看到自己現在的居所，心情更加低落和憤怒。貴族豪門出身的她，自小就在豪華大宅裡生活，從來也沒住過如今這樣細小的破房子！

她老羞成怒，大吼了一聲，將身上的書包用力擲向茶几洩憤，玻璃茶几應聲粉碎破裂，而電話卻突然響起。

電話顯示來電者是彼德，利亞登時大為緊張，連忙平復自己的情緒，接聽電話：「喂，彼德老師。」

彼德的語氣顯然有點憤怒，劈頭就問：「你是不是在飛才書院演唱了自己創作的那首《救世女

王》？」

利亞十分緊張，**戰戰兢兢**地回答：「是的……老師……你不是吩咐我，要盡力打擊公主樂團嗎？」

「沒錯，我叫你去打擊她們，但你為什麼偏要唱這首歌？歌詞裡有『維多利亞』這個名字，這樣會曝露你的真正身份！」彼德責備道。

「我……」利亞不知道該如何解釋。

彼德接著又提醒她：「你要記住，絕不能讓人知道，我們彼德家族竟然派出『四小花』之一的維多利亞去蛇夫鎮參賽！」

「為什麼？」利亞大惑不解。

「因為這樣只會抬高了蛇夫鎮和公主樂團！」

利亞依然很疑惑，「既然不想抬高她們，為什麼不隨便派其他彼德種子來參賽，非要我來蛇夫鎮不可？」

「嘿！」彼德**悻悻然**道：「公主樂團的實

力雖然平凡得很，但得罪和背叛彼德家族的人，絕不能有好下場！所以我不容有失，必須派殺傷力最強的人，來**輾壓**她們，要她們輸得體無完膚，今生今世都無法重拾自信，不再妄想當偶像！」

彼德的態度非常專橫凶殘，與平時在公眾面前笑臉迎人的形象完全不同，令人不寒而慄。

「可是……我以後都不能再用回『維多利亞』這個名字嗎？我難道永遠要做蛇夫鎮飛才書院的利亞？」

彼德的語氣立時又變得溫柔親切，連忙安撫利亞：「忍耐一下就好，你只要在學校裡完全掩蓋公主樂團的鋒芒，搶去她們的風頭，並且在『星之女王』蛇夫鎮選拔賽中使她們慘敗，任務就完成了。到時你已經入圍『星之女王』大賽，我會找個藉口，順應外間的傳聞，組成女團『四小花』，將你加入去，同時換上『維多利亞』這個新名字。」

「真的？只要我完成這項任務，一切就能回到原來的軌道？」

「當然了。」彼德再三叮囑：「但任務未完成之前，你必須忍耐，絕不能**鬆懈**，你能做到麼？」

利亞深吸一口氣，答應道：「好吧。」

第二天，利亞在學校裡遇見雪露，立即調整情緒，親切地向她揮手：「雪露，早啊！」

雪露一見到利亞，便想起心中那個疑問，於是開口道：「利亞，早啊。我有一個問題想問你。」

「問吧。」

「你是不是維多利亞？」雪露直截了當地問。

利亞一聽到她這樣問，登時愣住，隨即果斷地否認：「當然不是，你為什麼會有這樣奇異的想法？」

「上次你唱的那首『救世女王』，歌詞裡不是

有『維多利亞』這個名字嗎？剛好和傳聞中彼德家族四小花其中一人的名字相同。」

「哈哈……」利亞一邊笑，一邊在想藉口，解釋道：「那只是歌詞而已，『彼德家族四小花』的傳聞誰人不知？老實說，我也渴望能像傳聞中的四小花那樣出眾，所以創作歌詞時，用上了『維多利亞』的名字。」

「原來如此。」雪露恍然大悟，「那麼你不是彼德種子？」

「當然不是。」利亞斬釘截鐵地說。

就在這個時候，忽然傳來辛迪的聲音：「利亞，找到你了！原來你在這裡！」

她們循聲音望過去，看到辛迪正興高采烈地跑過來。

「雪露，你把好消息告訴了利亞嗎？」辛迪喘著氣問。

雪露這時才記起，「喔對，我差點忘記了！」

「什麼事？」利亞好奇地問。

辛迪說：

**查理大叔答應讓
你加入公主樂團了！**

「什麼？」利亞頓時**驚呆**住。

「是不是很驚喜？沒想到查理大叔居然會答應吧？」辛迪喜形於色。

「對……真的沒想到。」利亞若有所思。

「你願意加入我們吧？」雪露問她。

利亞**猶豫**了兩秒才回答：「當然。」

「太好了！」辛迪歡呼道：「我們馬上公布這個好消息！」

但利亞緊張地叫住她：「等等！」

「什麼事？」辛迪問。

利亞想了一想，看到牆壁上有公主樂團粉絲

聯歡會的宣傳海報，便**情急智生**說：「公主樂團不是將會辦聯歡會嗎？我提議在聯歡會上宣布這個消息，給所有人一個大驚喜。」

「好主意啊！」辛迪和雪露都贊成，並邀請利亞：「到時你記得要來。」

「當然了。」利亞點頭答應。

第五章

和事老

周末，查理相約公主樂團五人一起去為聯歡會採購所需物品。

他在一座大型購物商場裡等待，並思考如何借今天的活動促進她們五人的感情，化解誤會。

就在查理想得入神之際，艾莉絲忽然踏著滑板直衝過來，在他面前一呎處才**煞停**，嚇了他一大跳。

「嚇死我了！」查理叫了出來。

艾莉絲開玩笑道：「你想什麼想得那樣入神？是不是在想潔西卡老師？」

「別胡說八道！其他人呢？」查理四周張望了一下。

艾莉絲冷漠地**聳聳肩**，「我怎麼知道？」

「你們沒有約好一起來嗎？」

「為什麼要一起來？」艾莉絲的態度很冷淡。

這時候，其餘的成員陸續從不同方向來到，洛佩自商場西翼哼著歌而至，貝麗則從東翼緩緩步來，只有雪露和辛迪是結伴一起抵達。

五人終於齊集了，但各自分開到場，也不站在一起，而是分散在查理的四周，誰都能看出她們仍然鬧不和。

只有雪露和辛迪保持友好，兩人也想修復成員之間的關係，辛迪於是在查理還沒開口之前，先宣布道：「我有一個好消息要告訴大家——利亞已經答應加入公主樂團了！」

「什麼？」查理顯得很訝異。

看到查理的異常反應，雪露禁不住問：「這不是你自己贊成的嗎？」

「是……」查理若有所思，「不過……沒想到她真的答應。」

「這麼好的事，怎會不答應？」辛迪補充道：

「但這則消息暫時要保密，因為我們打算留在粉絲聯歡會上公布這個大喜訊。」

辛迪更興奮地問艾莉絲、洛佩和貝麗：「怎麼樣？是不是很開心？很值得慶祝一下？」

她們三人聽到這個消息時，確實非常興奮，可是一記起大家仍在冷戰中，馬上又冷淡下來，**互不瞅睬**。

查理看到她們的情況，不禁有點擔心，便暫時放下利亞的事，極力嘗試帶起氣氛，情緒高漲地說：「今天我們一起盡情購物，大家是不是非常期待？」

「對啊！」只有辛迪歡呼著**附和**，氣氛有點尷尬。

洛佩不耐煩地問查理：「到底要買什麼？有購物清單嗎？」

艾莉絲也催促道：「趕快把清單分配好，各人分頭去買，買完就解散，別浪費了寶貴的周末假期。」

貝麗補上一句：「我氣力小，其實也幫不上什麼忙，是不是可以走了？」說罷轉身離開。

「又不是給自己買東西。」艾莉絲冷淡道。

「誰說不是？」查理**果斷**地說：「今天除了為聯歡會採購物品之外，你們還可以買自己喜歡的東西。」

「真的？」她們五人不約而同地齊聲問。

「當然是真的，隨便買。」

但艾莉絲馬上質疑：「不會又要我們在街頭賣藝，自己掙錢付帳吧？」

「絕對不會！」查理豪爽地說：「請放心，所有的錢由我來付。」

大家半信半疑地望著他，不信世上有免費午餐，知道一定有什麼條件。

查理果然補充道：

只有一個條件，就是你們不准分開，必須五個人一起逛，一起購物！

「沒問題！」雪露和辛迪不用考慮就答應了。

但其餘三人猶豫不決，查理不斷催促和誘惑她們：

怎麼樣？
趁我還沒改變主意……

艾莉絲、洛佩和貝麗敵不過免費購物的誘惑，終於也相繼點頭接受條件。

這時候，傑克匆匆趕來，使她們大感意外，紛紛問：「查理大叔，是你叫傑克來的嗎？」

艾莉絲更問：「他也可以隨心所欲買東西？」

傑克聽到了，好奇地問：「什麼隨心所欲買東西？」

查理連忙支開話題：「是我叫傑克來幫忙拿東西的。傑克風度翩翩、落落大方，一定不會介意，對嗎？」

傑克其實非常介意，但聽到查理這樣稱讚自己，也不好意思拒絕，只好默默點頭。

「別浪費時間了，我們趕快去百貨公司買東西吧！」艾莉絲一馬當先，踏著滑板而去。

雪露、辛迪、貝麗和洛佩也跟著去，而查理則低聲向傑克交代了一句：「你這次除了幫忙拿東西，還有一項重要任務。」

「是什麼？」

就是幫她們五人和好。

「怎麼幫？」傑克很疑惑。

查理望著他，笑了笑，「很簡單，你只要伴隨著她們，盡量展現出你俊俏的外貌和非凡的智慧就足夠了。

我真的有這麼大的魅力嗎？

傑克連自己也不敢相信。

查理大力點頭道：「絕對有，請相信你自己。」

好，我馬上去辦！

傑克立時春風得意地追上她們五人。

進了百貨公司後，公主樂團和傑克便忙著去選購食物、遊戲玩具、各種禮品和用品等等。

查理在付款處附近坐下來等待，不去阻礙他們，讓傑克慢慢發揮作用。

等了近兩小時，公主樂團和傑克才完成購物，推著購物車來到付款處，把睡著了的查理叫醒：「查理大叔，我們買完了。」

查理雖然**睡眼惺忪**，但一睜開眼，就察覺到公主樂團五人的神情改變了，個個面露笑容，而且居然有說有笑。

辛迪忍不住笑道：「哈哈……傑克實在太搞笑了，我現在還記得他剛才試吃的樣子。」

「對啊。」洛佩笑得流著淚水，「他試吃的時候動作好古怪，表情多多，不知道要**裝帥**給誰看。」

貝麗也忍俊不禁，「最好笑的是，他只顧裝帥，卻沒看清楚就把牙膏當成奶油來試吃。」

「對對對，哈哈哈。」她們都一同笑起來。

「喂喂，你們答應過我不對別人提起今天的事！」傑克抗議道。

「你只是求我們不要說，但我們沒有答應啊。」艾莉絲大笑道：「選購遊戲用品的時候才精彩，我們還擔心那些玩具會不會太簡單幼稚，不適合我們高中生。怎料傑克自告奮勇去試玩，居然連適合 8-12 歲小孩的玩具也玩不來。」

雪露接著道:「有幾個小孩看到了，忍不住笑，傑克還**老羞成怒**去挑戰人家，結果玩什麼都輸，真丟臉。」

看到公主樂團五人的關係緩和了不少，查理**大感欣慰**，這也是他把傑克叫來的真正原因。因為只要有傑克在，**滑稽**的事就會不斷發生，大家有了共同的笑話看，關係自然容易好起來。

查理禁不住向傑克豎起一根拇指，大讚他做得好。

這時候，收銀員已把購物車裡的貨品結算好了，說:「盛惠 1208 元。」

查理吩咐傑克他們:「先把東西抬到車子去，你們認得學校的車吧?」

他們應了一聲，便各提著大包小包的貨品離開，在門外恰巧遇到一位中年婦人，對方認得公主樂團，登時興奮道:「你們不就是那隊……『公主樂園』嗎？」

她們五人既開心，又有點哭笑不得，雪露糾正道：

是「公主樂團」。

「對，公主樂團！」那婦人熱情地說：「我有看蛇夫之星比賽，你們真的很棒，難得蛇夫鎮出了這樣優秀的人才，聽說你們還報名參加了『星之女王』蛇夫鎮選拔賽，你們一定要加油啊，期待你們能入圍，將來全國都可以在電視裡看到我們蛇夫鎮的代表，光想想也感到自豪呢！」

「謝謝你的支持和鼓勵。」

公主樂團五人齊聲道謝，彼此之間的關係好像又修復了一些。

至於查理那邊，他正在數鈔票付款的時候，

百貨公司的經理突然推著兩輛滿載貨品的購物車來到收款處，對查理說：

等等，還有這兩車子的貨，
總共應該支付 8462 元！

查理驚呆住，「為什麼？」

經理便指著其中一輛購物車解釋道：「我們查核過，剛才你們幾個人，當中那個男的，誤把試吃攤上的『免費試吃』牌子當成是貨架上的，結果肆意地試吃貨架上的東西，甚至連牙膏也不放過。這輛購物車上的食物，全都是那少年拆開了封口試吃過的。」

經理接著又指向另一輛購物車說：「還有，他在玩具部試玩各種桌遊和玩具時，由於操作錯誤，弄壞了不少產品，而且又將試玩的樣品和貨架上的貨品搞混了，所以你們必須把這堆玩具也買下來。」

查理瞠目結舌地望著那兩大車的貨品，登時欲哭無淚。

第六章

聯歡會

公主樂團粉絲聯歡會在周日舉行，報名參加的人數眾多，查理與公主樂團都熱切期待。

聯歡會的舉行地點是學校天台，查理大叔又把傑克抓來，幫忙擺放椅桌，桌子上堆滿了各種美食和遊戲用具，而天台的中央位置則留作表演舞台，公主樂團五人正在綵排著歌舞。

查理再三提醒：「你們這次一定要好好表演，挽回面子。」

「知道了。」她們**不勝其煩**地回應。

傑克當完搬運工之後，又被查理安排站在天台門外，負責迎賓。

雖然有很多人報名參加這個免費聯歡會，但過了聚會開始的時間，依然未見任何人出現，查理大感疑惑，「為什麼一個人也沒有？報名的人有那麼多，不可能全部都遲到。」

艾莉絲望向站在天台門口的傑克，不禁懷疑：「是不是傑克那副儀容把人嚇跑了？」

洛佩接著說：「他這個人笨手笨腳，宣傳單張和海報都是查理大叔叫他負責發放的，我看他一定是弄錯了時間和地點。」

這時辛迪突然想起了什麼，擔心道：「我們以後還是別取笑傑克了，他可能是那次魔術表演撞壞了腦子，所以做事才會經常出錯。他很可憐……」

辛迪用同情的眼神望向門口的傑克，傑克顯得有點**靦腆**，一定又在**自作多情**，誤會了那是傾慕的眼神。

但雪露感到奇怪，「可是，為什麼連利亞也未到？她不可能弄錯時間和地點的，我們提醒過她，今天她是主角，有重大的消息要公布。」

「對啊，我打電話找她。」辛迪連忙掏出手機打電話給利亞。

鈴聲響了一會，利亞便接聽：「喂，辛迪？」

辛迪著急地問：「利亞，你怎麼還沒到學校？是不是記錯了時間和地點？」

利亞卻說：「我已經在學校了。」

辛迪很疑惑，「是嗎？你在哪裡？」

利亞正要回答之際，卻突然驚叫了一聲。

喂喂！利亞，你怎麼了？

辛迪大聲問，但利亞那邊已經斷線了，再打也接不通，使辛迪擔心不已，「利亞不知道出什麼事了，我們快去找她！」

公主樂團五人於是離開天台，走下樓去，傑克也跟在後面。

他們來到四樓的時候，發現其中一個活動室大排長龍，龍尾沿著樓梯一直延伸至地下，排出了學校大門外。

公主樂團五人立時瞪向傑克，異口同聲怪責道：「果然是你發布錯了地點！」

傑克一臉無辜，「我沒有弄錯啊！」

她們五人連忙向排隊的人龍更正：「對不起，傑克發布錯了，公主樂團粉絲聯歡會的正確舉行地點是學校天台，各位請移玉步前往天台參加。」

可是排隊的人聽到了她們的話，才如夢初醒，紛紛拍一下額頭說：「啊對，今天是你們的聯歡會。」

原來這些同學根本就忘記了聯歡會的事，有人甚至提議公主樂團把聯歡會改期。

雪露大感奇怪，「你們不是回來參加聯歡會的嗎？那麼到底在排什麼隊？」

其中一人告訴她：「我們排隊報名參與利亞的表演，擔任伴舞。」

「利亞的表演？伴舞？」公主樂團一時間聽不明白。

「你們不知道嗎？開放日的歌舞表演環節，校長已經有了決定，在學校網站上公布了，由利亞演出。」

那同學說完，另一個同學又接著補充：「為了讓利亞可以及早招募同學參與演出，並有充分的時間練習，所以校長昨天一有了決定，就立即在學校網站公布了。」

公主樂團昨天因為忙於準備聯歡會，所以沒注意到公布。她們走進那活動室，看到利亞果然在**甄選**舞蹈員，同學一個接一個使出渾身解數，在利亞面前展露才藝，有人跳舞，有人演戲，有人甚至舞刀弄槍，耍起功夫來。

辛迪連忙關心地問：「利亞，你沒事吧？剛才在電話裡聽到你突然驚叫，然後電話就斷了線，把我們嚇一大跳呢。」

「你們來了？」利亞表現得很親切，解釋道：「剛才有人表演舞大刀，一時脫手，大刀直飛過來，所以嚇得我驚叫。但我及時避開了，沒有事，只是手機摔了在地上。」

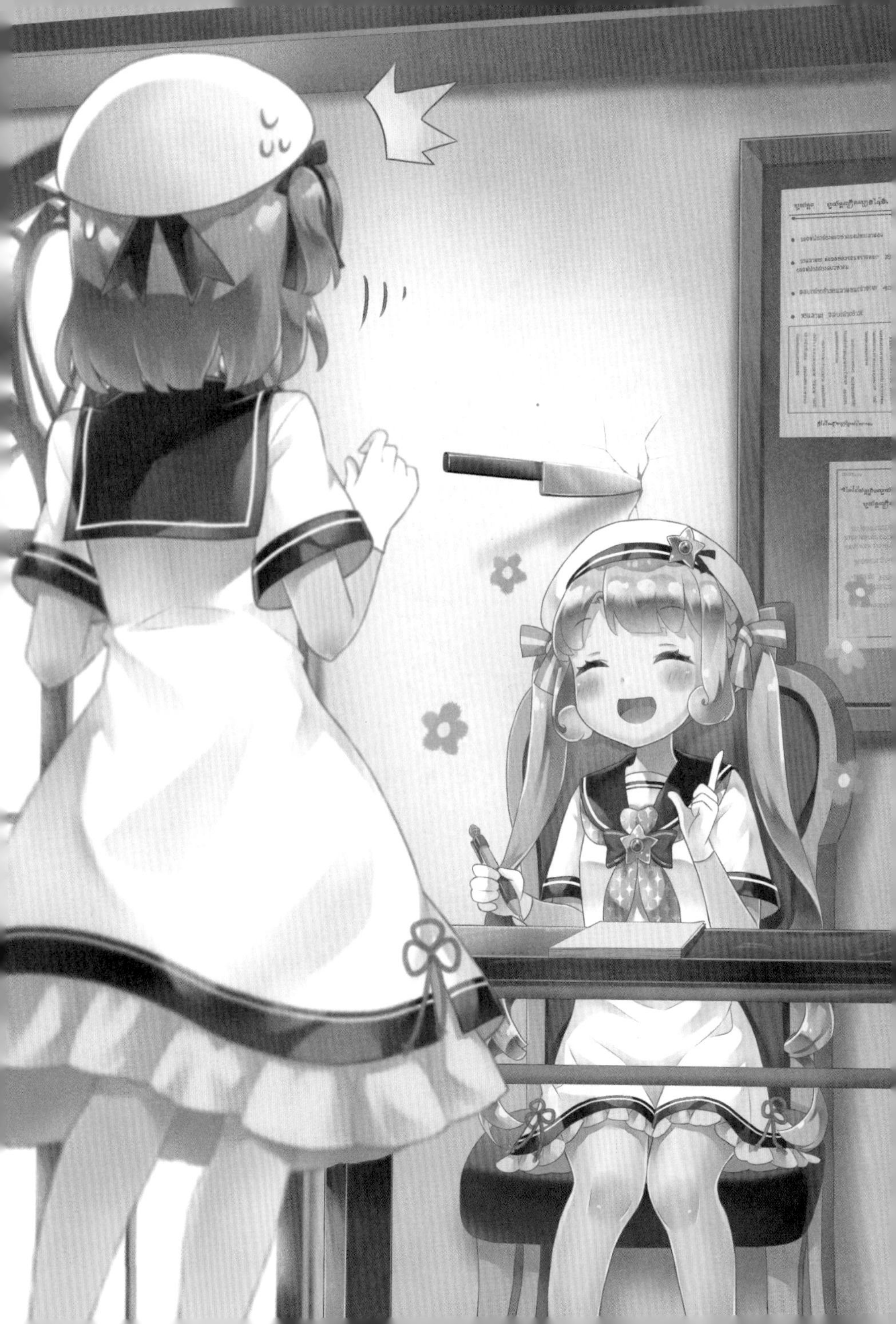

大家朝利亞的後方看去，仍能看到牆上插著一把大刀，觸目驚心。

身為公主樂團隊長的雪露，衷心地祝賀利亞：

恭喜你獲選，
能為學校的開放日作表演。

「謝謝。」利亞禮貌地回應。

「但你是不是忘記了今天聯歡會的事？」洛佩苦笑著問。

「喔，對不起。」利亞內疚不已地解釋：「因為開放日表演這件事太著急了，排練的時間很緊迫，所以……」

辛迪連忙道：「不要緊，我們理解，而且這是一件值得高興的事，等你完成了這裡的甄選工作，便來天台一起慶祝吧。」

貝麗在利亞的耳邊低聲說：「別忘了我們還有

一個驚喜大消息要公布呢。」

而艾莉絲則向正在排隊的人說：

大家也記緊一起來啊！

眾人答應了一聲，公主樂團便回到天台去；傑克卻留下來，想試著拔出牆上的大刀。

公主樂團把利亞的事告訴了查理，查理聽了之後，面如死灰地呆坐著，陷入沉思之中。

他們等了很久，依然沒有一個人來天台參加聯歡會。直至太陽快要下山了，她們感到不對勁，便回到四樓去看看排隊的情況，發現那活動室內外一個人也沒有，除了仍在拚盡**九牛二虎**之力，嘗試拔出大刀卻又不成功的傑克。

「人呢？」艾莉絲問傑克。

傑克拔大刀拔得滿臉通紅、**青筋暴綻**，說：「走了。」

「甄選完成了嗎？」貝麗問。

傑克咬著牙關點點頭。

「他們為什麼沒有來天台參加聯歡會？」雪露問。

傑克一邊用力拔刀，一邊說：「可能……入選太高興了吧……而且……利亞要他們……趕快回家休息，為接下來的特訓……作準備！」

辛迪隨即問：「那麼利亞呢？」

「她……剛……走！」傑克勉強吐出了三個字，她們五人便馬上追出去。

來到樓下操場時，她們看到利亞剛好要步出學校大門，而校門外竟然聚集了大批記者，一等到利亞出現，便蜂擁而上去追訪。

公主樂團大感奇怪，洛佩說：「為什麼有這麼多記者？」

辛迪擔憂道：「不好了，利亞一個人應付不來的，我們快去幫她。」

她們正想趕去幫利亞解圍的時候，卻見利亞出乎意料地淡定，很有明星風範。

一眾記者追問她：

你就是彼德家族派出的蛇夫鎮代表，對不對？

利亞一概禮貌地微笑回應道：

無可奉告，
一切以公司的公布為準。

此時，一輛名貴房車駛至，停在路邊，然後一個人從車裡走出來。

公主樂團看到了那個人，無不感到詫異，因為對方就是彼德家族蛇夫鎮分部的負責人羅拔圖。他匆匆走過去接利亞上車，雖然兩人對記者的提問一概不回答，但真相顯然已經呼之欲出了。

第七章

校長的考慮

莫妮卡，請你三思啊！

星期一早上，查理一見到莫妮卡校長回到學校，便抱住她的腿，呼天搶地在求情。

莫妮卡嚇了一大跳，「你在幹什麼？」

過了沒多久，學生也陸續來到學校了，雪露和辛迪最早發現查理在校長室外面的走廊上，拖著莫妮卡校長的後腿，苦苦哀求著：「我到底做錯了什麼，你要這樣對我？」

艾莉絲、洛佩和貝麗也剛好來到，看見查理和校長糾纏著的情況，大感訝異。

「這是我經過深思熟慮後的決定，你快放開我吧。」莫妮卡極力想擺脫查理，卻不成功，顯得相當狼狽。

「發生什麼事？」洛佩問雪露。

雪露搖頭道：「不知道。」

貝麗猜測：「是不是校長要開除查理大叔？」

艾莉絲隨即慨嘆：「早就料到會有這一天。」

看到查理楚楚可憐的樣子，辛迪十分同情，著急道：「我們快一起幫查理大叔求情吧！」

她說完立即走上前，緊張地問：「莫妮卡校長，你不會是想開除查理大叔吧？」

其他成員亦紛紛走過來，雪露求情道：

雖然查理大叔辦事不力，
做事馬虎——

洛佩接著說：

還經常躲懶，好吃懶做——

艾莉絲緊接道：

而且行為怪異，狂妄自大——

「但是——」最後輪到貝麗說了，這時所有人都望著她，包括校長和查理，正等待她說出查理的優點。

可是她說了「但是」兩個字後，便完全僵住了，顯然是想不出查理值得稱讚的地方，令氣氛非常尷尬。然後她索性跳過優點不說，直接向校長求情道：「但是……希望莫妮卡校長你不要開除他。」

校長苦笑道：「你們誤會了，我沒說過要開除他。不過，聽了你們剛才那麼說——」

查理連忙拉著莫妮卡進入校長室，並對公主樂團擺手說：「沒事沒事，你們不用擔心，我自己能處理。」然後他和莫妮卡就進了校長室，繼續商討。

她們五人不放心，各把耳朵貼在門上，偷聽著裡面的情況，馬上聽到查理在滔滔不絕地據理力爭:「雖然利亞的演出比公主樂團好那麼一點點，但她畢竟是剛插班進來，怎可以和**勞苦功高**的公主樂團相比呢？公主樂團為飛才書院拿下了全國高中交流會的朗誦比賽冠軍，最近連『蛇夫之星』也拿下……」

校長為難道:「這個我當然明白，我本來也屬意由公主樂團演出，可是，利亞的表現實在太出色了，比公主樂園優秀不止一點點，就算與全國三大名校相比，也是**超群絕倫**的。而公主樂團卻明顯退步了。」

查理連忙為公主樂團辯護:「上次她們只是一時失手而已，不能作準。」

門外五人這時才知道，原來查理並非被開除，而是為公主樂團爭取開放日演出的機會。

「你不是一直反對舉辦開放日，希望讓公主樂團有更多時間專心準備『星之女王』選拔賽嗎？」校長問查理。

查理著急道：「連自己學校的開放日表演都沒資格演出，她們的自信心會受到很大打擊的。」

莫妮卡慨嘆：「我已經公布決定，不能更改了。而且彼德家族剛剛也向媒體宣布，他們派出參加『星之女王』蛇夫鎮選拔賽的實習生，正是利亞。」

「什麼？她是彼德家族的人，並且會參加『星之女王』大賽？」查理很驚訝，在校長室門外的公主樂團五人也同樣驚訝。

莫妮卡點頭道：「是今天早上宣布的，現在傳媒已經開始廣泛報導了。坦白說，利亞是彼德種子，對宣傳飛才書院的開放日大有幫助。而且，利亞的表演需要很多舞蹈員，那就表示，可以讓更多學生參與演出。」

聽到莫妮卡說「可以讓更多學生參與演出」，查理立時靈機一動，提議道：「我們根本不必煩惱，為什麼不乾脆安排兩場表演，讓公主樂團和利亞各演一場？」

莫妮卡**如夢初醒**。

問題看似圓滿解決之際，校長室的電話忽然響起，莫妮卡「喂」的一聲接聽後，突然露出驚訝的神色，「彼德家族？」

然後莫妮卡一邊聽一邊回應著：「好的……好的……我明白了。再見，羅拔圖先生。」

莫妮卡一掛線，查理便緊張地追問：「那個羅拔圖打電話來幹什麼？」

莫妮卡嘆了一口氣，

他說利亞是他們的彼德種子，而彼德種子須要遵守彼德家族的一些規範，所以特意向我說明了一下。

「比如什麼規範？」查理問。

莫妮卡的語氣很無奈：「比如，彼德家族的偶像只能作獨家演出。那就是說，飛才書院開放日的歌舞表演，如果由利亞負責演出的話，就不能有別的歌舞項目。」

她說完這句話後，校長室就陷入了一片寂靜。

就在這時候，校長室門外的五人，突然看到利亞正在上樓梯，於是追上去，「利亞、利亞！」

一直來到天台，利亞才被她們叫住，回過頭來。

雪露迫不及待地問：「利亞，你為什麼要對我們說謊，說自己不是彼德家族的成員？」

利亞立時道歉：「對不起，因為公司合約規定，我不能自行公開身份。」

洛佩和貝麗都十分體諒利亞，洛佩說：「我很理解，我和貝麗也曾簽署過彼德家族的合約，知道他們合約裡有諸多的規範和約束。」

「對。」貝麗附和道：「我知道你也是**迫不得已**的，昨天你被大批記者包圍追訪，也沒有公開身份。」

「原來你們看到了？」利亞假裝感到意外。

「看到了。」辛迪點了點頭，然後高興道：「利亞你真的很棒，我很開心可以認識到你這樣厲害的朋友。只不過……你加入公主樂團的事……」

利亞十分**無奈**地搖了一下頭，表示辦不到。

雖然有點失望，但辛迪馬上緩和氣氛，鼓勵利亞：「沒關係，開放日的表演，你要加油啊，我們會為你打氣的。」

「你們也要加油。」利亞說：「我很期待在『星之女王』選拔賽中，與你們一起同台競技呢。」

公主樂團這時才意識到，她們將要和利亞在「星之女王」蛇夫鎮選拔賽上碰頭，心裡有一種難以形容的複雜感覺。

但艾莉絲突然用調皮的眼神望著利亞說：「你來天台，一定是想做健康操吧？怎麼不叫上我們？」

利亞笑而不語，而其他人已經急不及待，紛紛做起利亞教她們的健康操來，動作相當**滑稽**

古怪。

然而，利亞所做的動作卻和她們完全不同，她沒有做那種難看的健康操，而是獨個兒練習起舞步來，舞姿相當帥氣，而且動作難度極高。

相比之下，姿態如同五個滾地大番薯的公主樂團，看到了利亞的舞步，心中都讚嘆不已，並且強烈地感受到彼此實力懸殊，根本不在同一個層次上。

第八章

公主沒落

某天下課後，公主樂團來到查理的小木屋，準備作例行練習，卻發現查理不在屋子裡，只見小企鵝站在沙發上，裝作很有威嚴的樣子，嘴裡「咕嚕咕嚕」地叫，指揮著五人去練習。

查理大叔呢？

她們問。

小企鵝「咕嚕咕嚕」了幾句，辛迪複述牠的意思：

你說查理大叔有事離開了學校，叫你幫他看門口，督促我們練習？

小企鵝神氣地點頭，又向她們指手畫腳一番，命令她們練習。

可是她們不但沒有開始練習，還歡呼起來，洛佩說：「太好了，可以休息一天！」

辛迪隨即提議道：「不如我們一起去逛街，輕鬆一下？」

為了培養五人的感情，好好修復關係，連隊長雪露也贊成：「好主意。」

小企鵝立即擋住了門口，非常盡責地指示她們要留下來練習。

但艾莉絲露出狡猾的神情，故意大聲說：「聽說最近有一家寵物咖啡廳新開張，環境特別舒適，有很多客人帶著他們的寵物去光顧，而寵物之間更經常玩得樂而忘返。」

貝麗隨即問：「辛迪，你要不要帶小企鵝去？」

「我很想帶牠去，可是，牠要幫查理大叔──」

辛迪的話還沒說完，小企鵝已經一馬當先，第一個衝出了小木屋，還招手叫她們趕快出發。

她們於是帶著小企鵝一起逛街。小企鵝走在

街上，心情本來很興奮，但不知道什麼原因，突然緊張地躲在電燈柱後面。

「小企鵝，什麼事？」辛迪疑惑地問。

只見小企鵝向前方指了一指，大家看過去，竟見到查理戴著一雙牛角，在百貨公司門前派發傳單。

她們連忙走上去，雪露驚奇地問：

查理大叔，你在幹什麼？

「你在偷偷做兼職？」洛佩懷疑道。

「噢！」辛迪想到了什麼，突然悲哀地叫了一聲，一副不願相信的樣子，「你不會真的被莫妮卡校長開除了吧？」

艾莉絲點點頭，「恐怕是。」

貝麗則慌忙說：「查理大叔，我們再去幫你求情吧！」

Moo Moo Cafe
Moo Moo Cafe
20% discount
Moo Moo Cafe
1235-5678
CALL US

查理終於忍無可忍，憤然道：「你們還說呢！這都是給你們和傑克所害的！」

五人呆呆地望著他，不明所以。查理便解釋道：「上次去百貨公司購物，你們和傑克損壞了人家不少東西，我的錢不夠賠，所以要替他們打工補償！」

「對不起，我們真的不知道……」辛迪忍不住觸摸了一下查理頭上的牛角，「其實你扮牛也挺可愛的。」

「今天推銷牛排算好了，昨天我要穿上布偶裝，扮成蜜蜂推銷蜜糖呢！」

「原來你做兼職已經不止一天了？」洛佩感到意外。

「還要做多少天，才足夠補償欠款？」艾莉絲問。

「今天是最後了。」查理說：「只要派完背包裡的傳單，我跟他們就一筆勾銷。」

「我們幫你一起派吧，我們也有責任。」雪露把查理背包裡的傳單分給公主樂團各人，而背包裡還有許多備用的牛角頭飾，她們都戴上後，便分頭去派發傳單。

由於分工合作，加上小企鵝也幫忙吸引路人，他們很快就把傳單派完了，然後一起去艾莉絲所講的寵物咖啡廳放鬆一下。

小企鵝一進入咖啡廳，就立即去和其他貓狗寵物玩在一起，玩得十分開心。查理不禁搖頭批評：「我叫你幫我督促她們練習，你卻跟她們出來玩！」

他們六人點了飲品後，竟隱約聽到利亞的歌聲，而且不止一個，是很多個利亞雜亂地疊在一起的聲音。

他們循聲音看過去，發現在咖啡廳的一排電腦座位上，有不少客人正在上網看影片，而且幾乎全都在觀看利亞的影片。

原來彼德家族公布了利亞的身份後，在短短幾天的時間內，「金字塔」影片平台上已經出現了無數個大大小小官方與非官方的利亞影片頻道，成為了蛇夫鎮地區最熱門的話題。

咖啡廳裡的客人讓寵物去自由活動，自己則沉迷觀看利亞的影片，客人之間還互相討論著利亞的各種消息。

查理**心有不甘**，便走過去，對他們說：「我介紹一個更精彩的偶像頻道給你們看。」

也不管對方是否答應，查理已經強行打鍵盤，想打開他為公主樂團開設的官方頻道來。可是，他在「金字塔」平台上搜來搜去，搜了大半天也搜不到自己的頻道。

「怎麼搜不出來？我的頻道呢？」查理著急地搜尋著。

但幾名少女顧客紛紛以厭惡的目光望著他，查理慌忙澄清道：「你們這樣的眼神是什麼意思？以為我在借故搭訕嗎？真的不是！」

查理還想繼續搜尋，可是實在承受不了那種

被當成變態看的眼神，只好低頭回到座位，用自己的手機去查看他為公主樂團所開設的官方頻道，這才發現，原來頻道由於瀏覽量太低，已被移至「遺珠區」。

「什麼是『遺珠區』？為什麼把我的頻道移過去？」查理感到莫名其妙。

貝麗解釋道：「你不知道金字塔平台有一個特別的機制嗎？『遺珠區』，好聽一點是用來擺放『滄海遺珠』，實際上就是『垃圾桶』，內裡的『垃圾』儘量不會向公眾展示，處於等待清除的狀態。」

這時辛迪馬上想起：「那麼傑克呢？他的頻道主要也是發布我們的影片！」

「看看就知道。」雪露於是拿出手機查看傑克的頻道，發現「暫時不談戀愛的小 Jack」這個頻道不但運作正常，而且點擊率還節節上升。唯一不同的是，頻道裡的影片封面全是利亞，很明顯，

JacK

傑克為了增加點擊率，已經迅速順應市場，不拍公主樂團的影片，改為製作利亞的影片了。

艾莉絲不禁揶揄道：「這個傑克應變得真快。」

「對，一下子就變了心。」洛佩附和。

至於學校的網上討論區，她們也去查看一下，發現大家討論的話題都離不開利亞，關於公主樂團的卻**寥寥可數**，早已被利亞的話題所淹沒。

查理看著這一切，不禁替公主樂團擔心，重重地吸了一口氣，「看來要聯絡潔西卡，為你們加強訓練！」

若干日後，飛才書院突然熱鬧起來，因為竟然有電視台來學校採訪。

查理不放過這個機會，死命纏住拍攝人員，乘機介紹公主樂團。攝製隊不勝其煩，他們拍攝的目標只是利亞，於是設法避開查理，去訪問利亞。

主持人同時亦訪問飛才書院的學生，問他們對利亞有什麼印象，和發生過什麼趣事。

大部分同學都一味的稱頌，對利亞讚不絕口，完全忘記了當初大家如何抗拒這位插班生。

只有傑克不識趣，竟然在鏡頭前回答了利亞最不想聽到的話，他對主持人說：「利亞給我最深的印象是，她一入讀飛才書院，就成為了公主樂團的超級粉絲。」

主持人很訝異，立即問：「公主樂團是什麼？」

查理這時又趁機撲到鏡頭前面，介紹道：「公主樂團是本校第一女團、首席偶像……」

工作人員好不容易把查理拉開，主持人才有機會問利亞：「這是真的嗎？身為彼德種子，居然也會是其他女團的粉絲，而且還是超級粉絲？」

這時利亞心裡**怒火中燒**，但極力抑制著，微笑道：「是真的，因為我看到她們很努力，而且十分有勇氣，所以很想支持她們。公主樂團就是她們五位了。」利亞突然向主持人指出公主樂團的五位成員。

攝影師立即把鏡頭轉過去，主持人亦隨即說：「原來你們就是公主樂團，可以請你們表演一段歌舞嗎？看看你們是怎樣吸引到利亞的。」

查理覺得這是一個大好機會，便與傑克一同推波助瀾，鼓勵她們即席表演。

可是，她們在電視台的攝影機前，突然感到莫名的畏懼，連艾莉絲也有點**手足無措**，五個人連連搖手退避，不敢在鏡頭前演出。

利亞很有大將之風，立即替她們解圍說：「不如由我來跳一段她們的代表作《莫妮卡》吧。」

「好啊！」主持人**求之不得**。

利亞於是在鏡頭前演出了一小段的《莫妮卡》，所有人都看得如痴如醉，主持人更大讚道：「即使是平凡的舞步、滑稽的動作，在利亞身上演繹出來，也能大放異彩，真是太神奇了。」

公主樂團五人看了利亞演繹的《莫妮卡》，不得不佩服到五體投地，自愧不如。

第九章

自知之明

利亞這顆彼德種子在蛇夫鎮迅速火熱起來，電視上經常看到關於她的報導，就好像蛇夫鎮第一次出了大明星一樣。

洛佩放學回到村裡的時候，八嬸和牛大叔看到她，八嬸連忙拉住她問：「小佩佩，那個利亞是不是你的同學？我在電視上看到她，她真漂亮。」

洛佩回答道：「我和她不同班，但我認識她，我們是朋友，她真的很漂亮。」

「你們是朋友啊？」牛大叔既驚訝又羨慕，「我們小佩佩和大明星做朋友了，真厲害。對了，我好像在電視上也看到你。」

「有嗎？」八嬸質疑牛大叔。

「有啊，你沒看到嗎？主持人訪問利亞的時候，就在畫面的右上角。」牛大叔說。

「你是不是看錯了，怎麼我沒留意到？」

「真的有，那個側臉肯定是小佩佩。」牛大叔與八嬸爭論不休。

另一邊，辛迪也遇到差不多的情況，她回到孤兒院，一群小孩就圍著她，**七嘴八舌**地說：「辛迪姐姐，我們在電視上看到你。」

「是嗎？」辛迪微笑道。

「真的，你快來看！」他們拉著辛迪去大廳，原來這時電視正好在播放利亞的訪問。

一眾小孩立刻圍在電視機前，像玩「找不同」遊戲那樣，爭相在畫面裡尋找辛迪，興奮地指出來。

「這裡！辛迪姐姐在這裡！」

「現在又來到這裡了！」

他們逗得辛迪哈哈大笑。

同樣在看這個電視節目的，還有雪露一家，父親好奇地問雪露：「電視裡那個利亞，是你的同學嗎？最近媒體經常報導她，好像很厲害。」

「嗯，她比我高一級，我們公主樂團和她是好朋友。」

雪露的母親亦加入討論：「報導說她是彼德種子，還會參加『星之女王』大賽，真想不到啊，居然會來我們蛇夫鎮參加選拔。」

這時雪露忽然問父母：「如果我們公主樂團也參加『星之女王』選拔賽，你們覺得出線的機會是多少？要坦白說啊。」

父母隨即哈哈地笑起來，父親說：「人家是專業的，而且還是彼德種子，特意來蛇夫鎮參賽，就是想確保一定能出線吧？」

母親接著道：

所以嘛雪露，就算落敗了也很正常，不必給自己壓力，志在參與就好。

至於貝麗，自從看了利亞演繹的《莫妮卡》後，腦海裡經常拿自己和利亞比較，深深感到**自慚形穢**。

和家人吃晚飯時，貝麗問父母：「你們最近有沒有看電視？」

貝麗的用意是想問他們，會不會覺得自己的女兒相比利亞遜色太多。

但貝麗的父母恐怕是蛇夫鎮裡絕無僅有，不知道利亞事件的人，父親說：「沒有啊。」

母親接著問：「有什麼事嗎？我們去看看。」

她說完正想去找電視機的遙控器，貝麗卻連忙道：「不，沒什麼事，不用看。」然後三人又繼續默默地吃飯。

和貝麗的父母不同，艾莉絲的母親早就密切關注利亞的消息了，還好奇地問艾莉絲：「你們學校那個叫利亞的新同學，是不是很厲害？」

艾莉絲隨即笑道：「是很厲害，不過，沒有你女兒厲害，哈哈。」

母親雙手捏著艾莉絲的臉蛋說：

我就知道我的
女兒最棒！

母女倆哈哈大笑之際，母親突然又問:「對了，你是不是要參加『星之女王』蛇夫鎮選拔賽？」

聽到這個問題，艾莉絲呆了一呆，思考了好一會才故作輕鬆地回答:「沒有，那麼無聊的比賽，我怎麼會參加！」

事實上，她是第一次感覺到自己沒有信心，不想在母親面前輸掉比賽，所以決定不參加。

利亞這個插班生的出現，令公主樂團從美夢中醒來，看清楚了現實，她們只是極其平凡的五名高中生而已，和利亞比起來，實在是微不足道，相當渺小。

星期天下午，查理在烈日當空下，匆忙跑到潔西卡的歌唱舞蹈學院，緊張地問：「她們還沒有來嗎？」

潔西卡搖著頭，一臉擔憂，「原本約好了今天來練習，但現在快超過兩小時了，她們還沒有出現，而且五個人的手機都接不通。」

五個人同時失去聯絡？

查理瞪大了眼睛，深感不妙。

「對！她們會不會出了什麼意外？」潔西卡十分擔心。

「我們先找找看吧！」

查理和潔西卡於是分頭去找，不斷問路人有沒有見過照片中的五個女孩子，終於有一家爆米花店的店員認得她們，說：「我認得她們，她們買了五份爆米花，所以我有印象。」

原來她們五人相約一起去看電影，完場的時候，一起從電影院裡走出來，竟看見**滿臉不悅**的查理和潔西卡就在門外等著她們。

她們一看到這個情形，才記起今天要去加課練習的事，雪露「啊」地一聲叫出來，連忙道歉：「對不起，潔西卡老師，我們忘記了今天要去你那裡練習。」

「我還以為你們遇到什麼意外呢，五個人的手機都接不通。」潔西卡叉著腰說。

「對不起，電影院裡收不到手機訊號。」辛迪緊張地搖著潔西卡的衣袖，「潔西卡老師，請原諒我們，不要生氣。」

眼看潔西卡要軟化下來的時候，查理卻厲聲責備她們：「你們居然忘記今天的練習，而去了看電影！」

只見她們的態度十分消極，貝麗喃喃地說：「其實也不用練太多——」

「反正結果也一樣。」艾莉絲附和道。

查理登時激動起來，

當然不一樣！只有努力練習，
才有機會勝出選拔賽！

查理說完這句話，大家都靜默了下來。公主樂團五人留意到對面大廈的外牆上，掛起了利亞的廣告牌，那自然是彼德家族出錢安排的宣傳之一。

五人一同抬頭望著那巨型廣告牌，對查理的講法不以為然，洛佩反問：「我們真的有機會勝出嗎？」

「不用騙我們了。」雪露說：「我們的實力和利亞相距太遠，她是彼德家族的實習生，有最好的資源，受過最專業、最全面的訓練……而我們……」

Pure
New Idol

辛迪知道雪露講得那樣坦白會傷害到潔西卡，連忙開口道歉：「對不起！潔西卡老師，我們不是那個意思。」

潔西卡也很明白事理，只嘆了一口氣，「我明白，我自然無法與彼德家族相比較。」

「誰說的！你們不要妄自菲薄！」查理卻愈說愈激動，指著利亞的巨型廣告牌說：「利亞有彼德的支持又如何？你們也有！」

「我們也有彼德的支持？」她們紛紛指住自己的鼻子問，大感疑惑。

「你們有的，不是他，而是我！」查理**趾高氣揚**，豎起了拇指，自信滿滿地指住自己。

公主樂團和潔西卡都呆呆地望著他，不理解這位校工哪裡來的自信，竟拿自己與彼德**相提並論**。

第十章

最強後盾

自從公主樂團對「星之女王」大賽不抱任何希望後，她們愈來愈疏於練習。

而利亞已經成為了學校裡新的風雲人物，受到所有人的愛戴和追捧，公主樂團則漸漸被遺忘。

和利亞比起來，她們五人實在算不上什麼，坦然接受現實，安分守己做五個平凡的高中生，默默欣賞和崇拜著利亞這樣出色的明日之星。

雖然她們疏於練習，但畢竟是園藝學會的會員，必須參與課外活動，所以今天下課後，她們來到了花圃，照料花卉。

她們發現傑克躲在一棵樹後面，藏頭露尾，鬼鬼祟祟地拿著手機，不知道在偷拍什麼。

循他拍照的方向望過去，可以看到利亞正坐

在操場邊，曬著太陽，撥弄著被風吹起的秀髮，一舉一動都散發著青春的氣息，美麗動人。

洛佩立時擋住傑克的手機，大聲道：

發現了一個變態狂
在偷拍美女！

傑克大吃一驚，緊張地辯白：「別胡說！我在工作！」

「什麼工作要做這樣**猥瑣**的事？讓我看看！」艾莉絲將傑克的手機奪了過來。

「喂喂，快把手機還給我，我只是替自己的影片頻道拍攝材料而已！」傑克追著艾莉絲。

艾莉絲把手機交給辛迪，辛迪說：「我們知道，你變心變得真快，現在頻道裡全是利亞的影片。」

「你們誤會了——」傑克想搶回手機，但辛迪把手機又傳給了雪露。

雪露忍不住取笑：「你的網名不是『暫時不談戀愛的小 Jack』嗎？我看你現在應該改名為『忽然發情的傻 Jack』。」

但傑克居然不生氣，還突然嘆息了一聲，面露得意的神色，「你們別吃醋好不好？我說過暫時不談戀愛，就真的不會談，哪怕像利亞這樣優秀的女生傾慕我，甚至主動追求我，我也會一視同仁地拒絕……」

就在傑克沾沾自喜，自作多情的時候，手機已經傳到了貝麗的手上，貝麗一邊查看，一邊說：「實在受不了，我要刪掉！」

傑克輕輕地搖著頭，一副無可奈何的樣子，「刪就刪吧，我真沒想到這事情會引起你們這麼大的誤會，把你們傷害得如此深……」

她們根本沒留心傑克在說什麼，只顧圍在一起，七手八腳地忙著刪除影片。

看到她們刪得那麼起勁，傑克漸漸感到有點

不對頭，便瞄了一眼她們在刪什麼，頓時驚叫了一聲，慌忙把手機搶回來，激動道：「你們不是刪利亞的東西嗎？幹嗎刪除你們自己的影片！」

雪露反問：「為什麼不刪？反正你這個頻道已經變心了。」

「都叫你們別吃醋，我是有苦衷的！」傑克氣急道。

「吃你個頭，誰吃你的醋！」艾莉絲敲了一下他的頭。

洛佩亦隨即解釋：「我們只是不想自己的影片與利亞的影片放在一起。」

貝麗補充道：「因為兩者比較之下，我們實在是相形見絀，無地自容。」

「確實……有點難為情。」連辛迪也感到羞愧。

「所以，全部刪掉吧！」她們還想繼續清除影片。

但傑克反應很激烈，大喊一句「不准刪」，奮力擺脫她們五人的糾纏，帶著手機跑了。

傑克走了之後，她們五人在花圃裡，開始照料花卉。洛佩突然問：

艾莉絲，你真的決定不參加『星之女王』選拔賽？

艾莉絲十分淡然地回答：

嗯，明知道贏不了，參加也沒有意思。

貝麗很訝異，「這是我第一次看到艾莉絲會認輸。」

雪露接著勸道：「雖然我也知道贏不了，但沒關係，就當作一場遊戲，志在參與。」

但艾莉絲沉默不語，好像有難言之隱。

辛迪知道她父親的事，明白她的苦衷，便連忙替她解圍：

其實艾莉絲不參加也不要緊，我們五個人依然是公主樂團的一分子，隨時可以一起唱歌跳舞，一起去玩。

「說得對，我們把通訊群組的名字改一下就可以！」洛佩隨即拿出手機，把她們「公主樂團」的通訊群組名字改了。

「哈哈，洛佩你真聰明！」大家看了洛佩所改的名字，都讚口不絕。

照料完花卉後，五人閒著無聊，雪露、辛迪、貝麗和洛佩便馬馬虎虎地練習了一下歌舞，不斷與站在一旁的艾莉絲逗著玩，練習起來如同一盤散沙。

這時候，突然傳來查理的咆哮聲，只見他怒氣沖沖地飛奔過來，舉起手機，激動地指住手機上的群組名字，大聲斥罵：「你們竟然把一個勢將稱霸偶像界的女子天團，加上三個字，變成了一個吃喝玩樂的群組！」

原來洛佩把「公主樂團」群組，加了「吃喝玩」三個字，變成了「公主吃喝玩樂團」。

她們以為查理不想參與這個群組，辛迪說：

「查理大叔，你不想在群組裡嗎？她們本來想把你踢出群的，但我怕你不高興，所以才……」

雪露接著道：「那麼，現在我們把你踢走吧……」

看見她們練習得一塌糊塗，如同一盤散沙，查理十分痛惜地說：「你們的風采去了哪裡？當初你們每個人都散發著獨特的鋒芒，所以我才將你們組合在一起。組成了公主樂團後，你們還爆發過幾次星之光芒。可是……」

說到這裡，查理逐一盯著她們，慨嘆道：「現在星之光芒沒有了，連你們自身的風采也不見了，到底發生什麼事？你們是我見過最有魅力和潛質的新星，你們一定要相信自己，不要放棄啊！」

查理正說得慷慨激昂的時候，他的手機卻突然響起一下通知鈴聲。

他望著手機螢幕，看到自己剛剛被踢出了「公主吃喝玩樂團」群組，激動得渾身發抖。但他極力抑制著自己，大口大口地深呼吸，然後強作平靜地問：「我明白了。你們是不是希望退出公主樂團，只想加入公主吃喝玩樂團，不再參加『星之女王』比賽？」

「可……以嗎？」她們有點怯生生地問。

誰料到查理竟然爽快地答應：「可以。你們今天放學後，等所有教師、學生和莫妮卡校長都離開了學校，便來禮堂找我。我替你們辦正式的退賽手續。」

她們五人都瞪大了眼睛，不知道查理是不是認真的。

但她們依然赴約，在放學後，等到所有人都走了，便來到禮堂，可是看不見查理，於是大聲喊叫：「查理大叔！我們來了！」

忽然之間，台上響起了小提琴的樂聲。

「這首歌——」她們有點驚訝，異口同聲地叫了出來，因為任何一個星之國的人，都會認得這段前奏。那是傳奇歌星理查，脫離了 Kings 樂隊獨立發展後，其中一首名曲《走你相信的路》，足足有一分鐘長的經典小提琴前奏。

現在這段前奏的演奏水平，與原曲一樣好，使她們以為有人在播放唱片。可是，台上的燈光漸漸亮起，布幕下顯現了一個人在拉著小提琴的剪影。

完成了那一分鐘的精彩小提琴前奏後，那人從布幕後面走出來，開口唱：

別再躲，一生怎可白過。

莫怕難，堅持闊步去衝……

公主樂團五人登時給嚇了一大跳，齊聲驚叫道：

是理查！

因為無論從衣著、外表、氣質，還有歌聲，眼前這個人都和傳奇歌星理查一模一樣！

她們簡直不敢相信，理查居然會在她們面前唱歌！

那人一直唱：

問最初的心有否改變，
直至夢想實現那一天……

公主樂團聽得如痴如醉，這是她們第一次在現場觀賞到六級星之光芒的演出。

那人唱完後，嚴肅地望著公主樂團五人，非常認真地開口問：

請你們想清楚，
是不是真的要退縮？

她們一聽到那人說話的聲音，無不驚呆住，因為那顯然是她們熟悉的查理的聲線！

是……查理……大叔？

她們的思緒一片混亂，根本弄不清楚發生什麼事，眼前這個人到底是理查，還是查理？

那人望著她們，眼裡透出光芒，充滿自信地說：

利亞有彼德，你們有我，
王中之王——理查。

公主訓練班

LESSON 9 非凡經理人

查理向公主樂團展示了自己的真正身份後，公主樂團竟誤解了他的用意。與此同時，利亞的真面目也在公主樂團面前掀開了，雙方由朋友變成了敵人。期待已久的「星之女王」蛇夫鎮選拔賽終於舉行，出線名額只得一個，最終會鹿死誰手？

2024年冬季出版

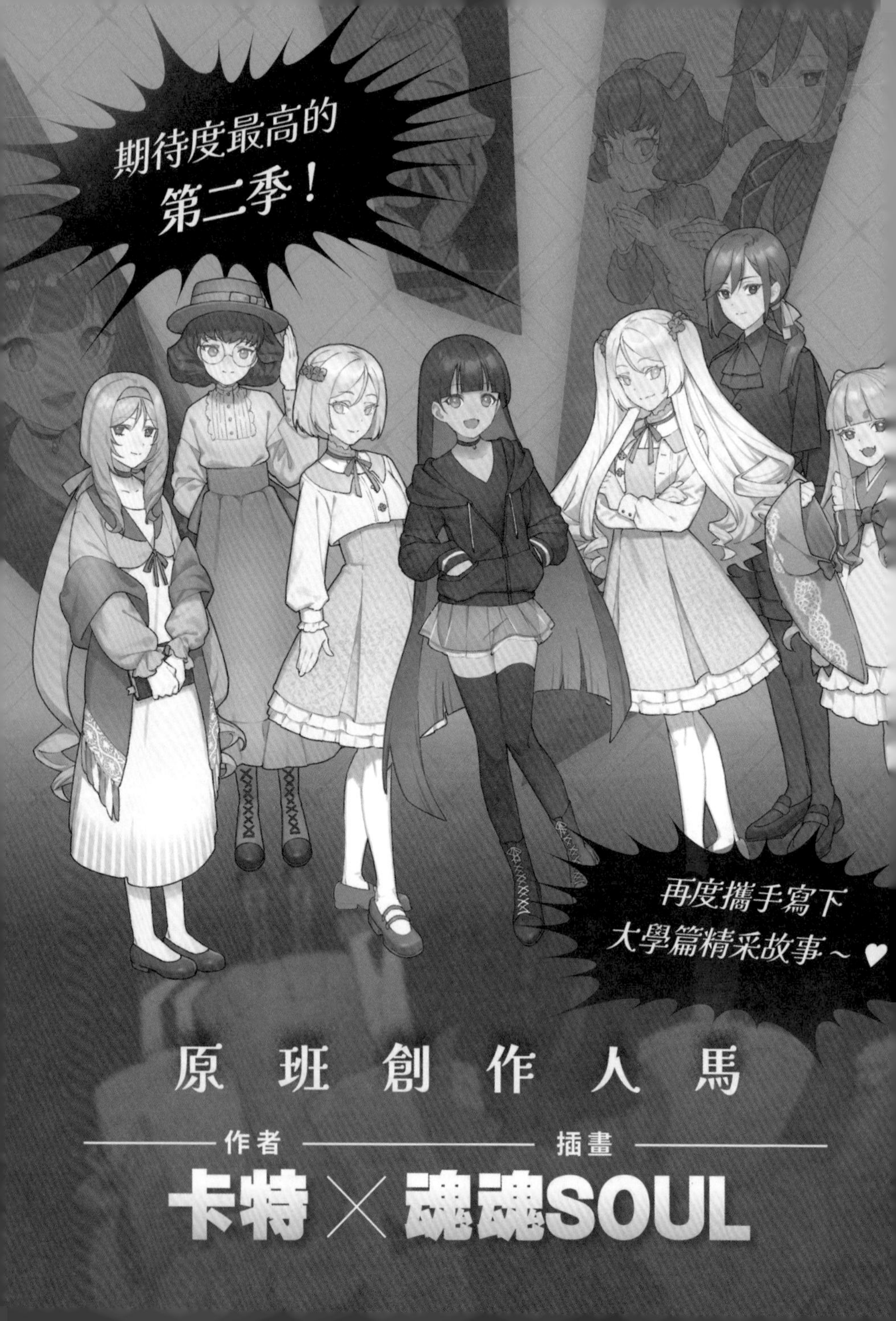
期待度最高的
第二季！
再度攜手寫下
大學篇精采故事～♥
原班創作人馬
作者
插畫
卡特×魂魂SOUL

童話夢工場
角色圖鑑：一切的解答
CHARACTERS' BOOK OF ANSWERS
這一次，Fans 不可能不收藏吧！
橫跨年齡、接通心靈，與內在對話之書——
一次過回味過往的故事，
最豪華的收藏，滿滿的回憶殺！！！
華麗硬皮精裝　匯聚所有的愛

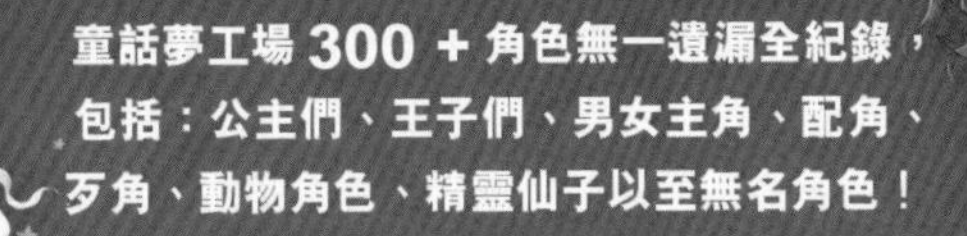

童話夢工場 300 + 角色無一遺漏全紀錄，
包括：公主們、王子們、男女主角、配角、
歹角、動物角色、精靈仙子以至無名角色！

展示畫家貓十字歷年來為角色創作的
不同造型、服飾等設定，細節部分歎為觀止。

收錄精美彩圖，如同畫冊。

不僅是一本齊全的角色圖鑑，
還通過角色傳遞生活智慧。

100 + 中英對照金句，只須翻到其中一頁，
即可以得到靈感或指引，
讓讀者探索心靈、啟發成長！

恆　久　珍　藏

2024書展搶先出版

Wow, impressive!

哇！好厲害啊！

哦！原來……

Oh, incredible!

13

擁抱可以釋放化學物質，使人**減壓**更**快樂**。

Hugs release chemicals that make us **less stressed** and **happier**.

12

病毒非常微小，體積比**細菌**還小一百倍到一千倍。

Viruses are super tiny, even a hundred to a thousand times smaller than **bacteria**.

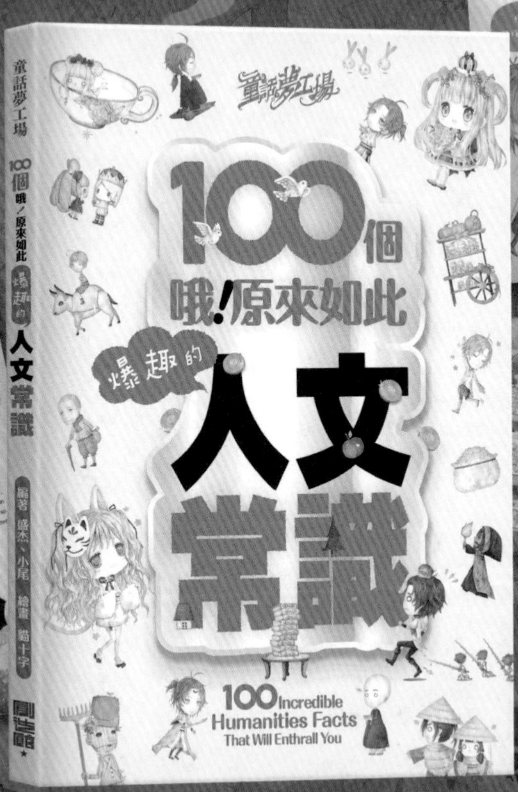

哇！好厲害啊

每冊100個 有趣話題大放送！

每冊$88

- 劃分5大範疇
- 文字短小精悍，一矢中的！
- 中英對照

創造館 CREATION CABIN

公主訓練班
LESSON 8 維多利亞的任務

作者 耿啟文

繪畫 瑞雲

策劃 YUYI

編輯 小尾

設計 faminik / Zaku Choi

製作 知識館叢書

出版 創造館 CREATION CABIN LTD.
荃灣美環街1號時貿中心6樓4室

電話 3158 0918

聯絡 creationcabinhk@gmail.com

發行 泛華發行代理有限公司
香港新界將軍澳工業邨駿昌街7號2樓

印刷 高科技印刷集團有限公司

出版日期 2024年7月

ISBN 978-988-70525-0-0

定價 $78

出版 

製作